THE WILLFUL CHILD

ROSAURA RAMIREZ SOTO

To order additional copies of this book, contact:
Xlibris
844-714-8691
www.Xlibris.com
Orders@Xlibris.com

ISBN: Softcover   978-1-6698-4566-9
       EBook   978-1-6698-4565-2

Print information available on the last page

Rev. date: 09/02/2022

THE WILLFUL CHILD

Rosaura Ramirez Soto

Illustrated by Nalette M Rondon

THE WILLFUL CHILD

Andresito was a nine-year-old boy, he lives with his parents. His mother's name was Sonia, and his father was Heriberto. Andresito has a pet, a white puppy with black and brown spots named Coqui. Coqui is a strong and playful dog.

Andresito's parents are incredibly good people and loved their only son very much. That is why one day they gave him that puppy, to play and protect him. They believed that, by taking care of him, Andresito would learn responsibilities and cultivate love and empathy.

Sonia and Heriberto instruct their son all the good things they could. They educated him with affection and firmness, they insisted on making their child a respectful and correct child.

But Andresito was a willful and rebellious child. He did not like to do it to anyone and never obeyed. He usually behaved very badly. He did not follow the rules and always tried to get away with it, towards whatever he wanted.

Sonia suffered from that disconcerting behavior. It hurt her to see that the child was disobedient, messy, defying. Andresito believes that he is the best in the world and that he deserved everything. He believes he is a King! He has a spacious and comfortable room, well-furnished and had all the things, (toys and all kinds of electronic devices), that any other child could only want.

But for Andresito that was not enough, he always wanted more. For him, everything it was not enough. He also did not know how to ask; he knew how to demand in a bad way. He was screaming, his desires were orders, and, in the end, he did not appreciate anything either.

Poor Coquí is a victim of that stubborn child. When he does not completely ignore, he mistreated. A scream here, a bang over there, the poor little dog was always scared.

Simply, the technique of "learning responsibilities and cultivating love and empathy" was not working.

Heriberto did not know what else to do to instruct his son. Pleasing him with all his cravings had been a failure. Sermons and advice did not work either. The external and expensive help of psychologists and health professionals was a bad joke. Sonia and Heriberto were at a crossroads and shuddered to think that this matter could get even worse.

Andresito, on the other hand, is an extremely clean child. He did not like dirt. Everything had to be immaculate, he did not touch anything that was dirty. He also did not like to share his things, he barely had friends and his puppy was ignored.

But one day his mind began to wander. He began to daydream about crazy ideas and decided, out of thin air, that he wanted to fly." I want to flight so I can see all things from the sky." He wanted to be the king of the world.

Partly because of his pride in wanting to be better than others, he felt he was above everyone. So, in his mind he took flight and imagined everything from above, while he went round and round endlessly. From his point of view the entire world became a small and insignificant thing, he was the biggest.

One day, while flying over his neighborhood in his imagination, he realized that from so much flying and flying, and for so many turns, he had become a fly. In a horrendous fly, but with childlike thoughts. For a moment he was horrified, but he felt so real and so good that I accept it. He was finally free, he was finally flying, and if the price you had to pay to be able to fly was to be a fly, then he was happy to pay that price.

He climbed as high as he could and then swooped in at an incredible speed. How good it is to fly! He screamed as the wind stroked his wings. He did it several times, for a long time, until he felt tired. The best thing I could do was find a place to rest.

-Where can a fly as beautiful and important as me rest? – he reasoned while gliding at low altitude, looking for a place that was to his liking.

Not far away, in a park, he saw a group of assembled flies fluttering on a table. He timidly approached the group and realized that he was immediately accepted.

This new life as a fly was not bad at all. He was free, he flew wherever he wanted, and now he enjoyed the company of other flies, just like him, who placidly did what they wanted. I spent a happy time, playing with that little group of unruly flies until he felt hungry. He was so distracted that he had missed lunchtime.

"Let us go now for something to eat. - Andresito told his new teammates while rubbing his front legs.

_ Yes, yes. Clever idea. - said one of the flies while licking his legs with pleasure. -I know the best place.

All the flies, cheerful, began to fly as anxiously followed a plump fly that led the group. Andresito was starving. "I cannot wait any longer." As he flew, he thought about the rich delicacies he was going to taste. He remembered the rich meals his mother prepared, and his fly tummy shuddered. If he did not eat soon, he would go crazy. Why did they take so long to arrive?

They passed during the flight in front of various restaurants. Everyone, for Andresito, was an excellent choice. At lunchtime, did you have to be so picky? Then the fly that led the group entered a strange and neglected alley, dirty. All the flies screamed jubilantly, ecstatic with emotion. All flies, of course, except Andresito. They had reached the municipal landfill.

- What a banquet Tobi, what a banquet! Said one of the smallest flies.

-I did not expect this massive surprise! You are phenomenal! Said another of the flies as she threw herself into a large pile of exposed garbage.

"I could only offer them more than the best, it's my way of celebrating Andresito's arrival in our group of free flies," said Tobi, the leading fly.

"Today there is a lot of variety in the buffet. Don't be shy, Andresito, and eat everything you want without shame."

But Andresito was horrified. Disgusted.

-No, no, no. I am not going to eat that," Andresito protested while the rest of the flies ignored him. -Come on. What is the matter? And you weren't hungry?" replied Tobi as he savored the fat of an old or dirty chicken bone.

- I am not going to eat that disgusting trash! - I shouted Andresito.

"Well, then I don't know what you're going to eat. This is our food. All the waste, the carrion, the stinky stuff, and the leftovers. They are all our delicacy. That is our daily bread, and it is our due. Eat it is your duty as a fly. Come on, try it, you are going to love it!

"But I am not a fly!" I am not a fly! I am a child! "I am a child!" protested Andresito.

"Well, if you are a child, I am the Prince of Wales," Replied Tobi.

All the flies began to laugh at Andresito.

-*Andresito, the fly, do not want to eat. Andresito, the fly does not want to eat.* - they all began to sing a mocking song.

"You don't understand. I am a kid, and I only eat the delicious things my mom makes. Tasty food, clean and delicious food. Not that stinky garbage you eat! -I shout at them this time wanted to cry.

-Then explain to us why you are here with us, a group of unruly and vulgar flies. What terrible thing have you done to become a fly? " Asked Tobi with authority.

Andresito, flying over the garbage dump, began to reconsider and realized that he had been an extremely selfish child. He remembered the cruel treatment he gave to his little dog coquí, who only needed attention, care, and love. He thought about how often he made his parents suffer. He thought about how conceited he was and his obsession with being better than others. He realized that such behavior led him to the mistake of believing that he could fly.

... *And if the price you had to pay to be able to fly was to be a fly...*

- Nope. No. I do not want to fly anymore! I do not want to fly! I want to walk like a normal child. I do not want to be a fly. I want to be with my mom," Andresito shouted as the annoying and boisterous flies chanted at him...

-Andresito, the fly with mom. Andresito, the fly with mom, who eats delicious things...

-Nooooooooooooooooooooooooo…

Then Sonia heard Andresito screams. He stopped doing what he was doing and ran to his beloved son's room. The boy kept screaming and fought under his blanket against an invisible enemy. Sonia came to him to hug him.

"Wake up, my son, wake up.

Andresito reacted to his mother's embrace. He looked back and saw that he no longer had wings. He was no longer a disgusting fly. He was a child. It was a child, wearing children's clothes, in a child's room. Everything was clean and tidy, as he liked.

There were no unruly flies, no garbage, no smelly leftovers. Heriberto came to the room and hugged his son.

_ What's wrong with you? What happened? - Asked his father.

-Mom! Dad! I was a fly!

-Son, but how can that be possible? Don't you see that it was all a dream? "His mother told him.

- It was not a dream, it was real! It was real! Was... disgusting!

-Son, sometimes dreams are real. But fortunately, they stay in the world of dreams, " Explained the father patiently.

Andresito proceeded to tell everything he had lived. Both parents listened attentively.

"I promise you that I will change. From now on I will help you in any way I can. I am also going to be good and affectionate with Coquí. Please forgive me for how badly I have behaved. I did not realize how much I love you. You are the best parents in the world!"

Sonia and Heriberto embraced Andresito and at that moment Coquí jumped into bed to join the beautiful family meeting.

None of them noticed that outside, Tobi and his companions were flying away happily.

El Niño Voluntarioso

Rosaura Ramirez Soto

Ilustrado por Nalette M. Rondon

EL NIÑO VOLUNTARIOSO

Andresito era un niño de nueve años que vivía con sus padres. Su Madre se llamaba Sonia y su padre Heriberto. Andresito tenía una mascota, un perrito blanco con manchas negras y algo de color marrón, era un perro fuerte y juguetón. El perrito, de raza mixta, indefinida, era pequeño, travieso y muy bonito. Se llama Coquí.

Los padres de Andresito eran personas muy buenas y amaban mucho a su único hijo. Por eso un día le regalaron aquel perrito, para que jugara y lo protegiera. Creían que, cuidando de él, Andresito aprendería responsabilidades y cultivaría el amor y la empatía.

Sonia y Heriberto le ensenaban a su hijo todas las cosas buenas que podían. Lo educaban con afecto y firmeza, se empeñaban en hacer que su hijo fuera un niño respetuoso y correcto.

Pero Andresito era un niño voluntarioso y rebelde. No le gustaba hacerle caso a nadie y nunca obedecía. Usualmente se portaba muy mal. No respetaba las reglas y siempre trataba de salirse con la suya, básicamente hacia lo que le daba la gana.

Sonia sufría mucho por aquella conducta desconcertante. Le dolía ver que el niño era desobediente, desordenado, desafiador. Se creía que era lo mejor del mundo y que se lo merecía todo. ¡Se creía que era un Rey! Tenía una amplia y cómoda habitación. Estaba bien amueblada y contaba con todas las cosas, (juguetes y toda clase de aparatos electrónicos), que cualquier otro niño solo podía desear.

Pero para Andresito aquello no bastaba, siempre quería más y más. Para el TODO no era suficiente. Tampoco sabía pedir, sabia exigir de mala manera. Pedía a gritos, sus deseos eran órdenes y al final, tampoco agradecía nada.

El pobre Coquí era una víctima de aquel niño obstinado. Cuando no era completamente ignorado, era maltratado. Un grito por aquí, un golpe por allá, el pobre perrito siempre estaba asustado.

Simplemente, la técnica de "aprender responsabilidades y cultivar amor y empatía" no estaba funcionando.

Heriberto no sabía que más hacer para educar a su hijo. Complacerlo con todos sus antojos no había servido de nada. Los sermones y los consejos tampoco funcionaban. La ayuda externa y costosa de psicólogos y profesionales de la salud era un mal chiste. Sonia y Heriberto se encontraban en una encrucijada y se estremecían al pensar que el asunto aun podía ponerse peor.

Andresito, por otra parte, era un niño extremadamente limpio. No le gustaba la suciedad. Toda tenía que estar inmaculado, no tocaba nada que estuviera sucio. A él tampoco le gustaba compartir sus cosas, apenas tenía amiguitos y su perrito, la mayor parte del tiempo era ignorado.

Pero un buen día su mente comenzó a divagar. Empezó a fantasear con ideas alocadas y descabelladas y decidió, así de la nada, que quería volar. Quería emprender el vuelo para poder observar todas las cosas desde arriba. Después de todo el creía que era el rey del mundo.

En parte era por su orgullo de querer ser mejor que los demás, el sentía que estaba por encima de todos. Así en su mente alzaba el vuelo e imaginaba todo desde arriba, mientras daba vueltas y vueltas sin cesar. Desde su punto de vista el mundo entero se convertía en una cosa pequeña e insignificante, él era lo más grande.

31

Un día, mientras sobrevolaba su vecindario en su imaginación, se dio cuenta que de tanto volar y volar, y por tantas vueltas dar, se había convertido en una mosca. En una mosca horrenda, pero con pensamientos de niño. Por un momento se horrorizo, pero se sentía tan real y tan bien que lo acepto. Por fin era libre, por fin estaba volando, y si el precio que había que pagar para poder volar era ser una mosca, pues el pagaba ese precio.

Subió lo más alto que pudo y luego se lanzó de picada a una velocidad increíble. ¡Qué bueno es volar! -gritaba mientras el viento acariciaba sus alas. Lo hizo varias veces, por mucho tiempo, hasta sentirse cansado. Lo mejor que podía hacer era buscar un lugar para descansar.

- ¿Dónde puede descansar una mosca tan linda e importante como yo? – razonaba mientras planeaba a baja altura, buscando un lugar que fuera de su agrado.

No muy lejos, en un parque, vio a un grupo de moscas reunido que revoloteaban sobre una mesa. Tímidamente se acercó al grupo y se alegró al percibir que fue inmediatamente aceptado.

Aquella nueva vida como mosca no estaba nada mal. Era libre, volaba a donde le apeteciera, y ahora disfrutaba de la compañía de otras moscas, iguales a él, que plácidamente hacían lo que les daba la gana. Paso un rato feliz, jugando con aquel grupito de moscas revoltosas hasta que sintió hambre. Estaba tan distraído que se le había pasado la hora del almuerzo.

-Vayamos ahora por algo para comer. - les dijo Andresito a sus nuevos compañeros mientras frotaba sus patitas delanteras.

_Si, sí. Buena idea. - dijo una de las moscas mientras se relamía las patas de gusto. -Yo conozco el lugar ideal.

Todas las moscas, alegres, comenzaron a volar mientras ansiosas seguían a una mosca regordeta que parecía liderar el grupo. Andresito se moría de hambre. No podía esperar más. Mientras volaba pensaba en los ricos manjares que iba a saborear. Recordó las ricas comidas que preparaba su madre y su barriguita de mosca se estremeció. Si no comía pronto, enloquecería. ¿Por qué tardaban tanto en llegar?

Pasaron durante el vuelo frente a varios restaurantes. Todos, para Andresito, eran buenas opciones. ¿A la hora de comer, había que ser tan tiquismiquis? Entonces la mosca que lideraba al grupo entro por una callejuela extraña y descuidada, más bien sucia. Todas las moscas gritaron jubilosas, extasiadas por la emoción. Todas las moscas, claro, menos Andresito. Habían llegado al vertedero municipal.

- ¡Que banquete Tobi, que banquete! -dijo una de las moscas más pequeñas.

-No esperaba esta gran sorpresa! ¡Eres fenomenal! -dijo otra de las moscas mientras se lanzaba a una gran montana de basura expuesta.

-No podía ofrecerles más que lo mejor, Es mi forma de celebrar la llegada de Andresito a nuestro grupo de moscas libres-dijo Tobi, la mosca líder.

"Hoy sí que hay mucha variedad en el buffet. No seas tímido, Andresito, y come sin pena todo lo que quieras."

Pero Andresito estaba horrorizado. Asqueado.

- No, no, no. Yo no voy a comer eso. -protesto Andresito mientras el resto de las moscas lo ignoraban. - Vamos. ¿Qué te Pasa? ¿Y tú no tenías hambre? -le replico Tobi mientras saboreaba la grasa de un viejo y sucio hueso de pollo.

- ¡Yo no voy a comer esa cosa repugnante que ustedes comen! - les grito Andresito.

-Pues entonces yo no sé qué vas a comer. Esta es nuestra comida. Todos los desperdicios, la carroña, las cosas apestosas y las sobras. Todas son nuestro manjar. Ese es el pan nuestro de todos los días y es lo que nos corresponde. Cómelo es tu deber como mosca. Vamos, pruébalo, ¡Te va a encantar!

-Pero yo no soy una mosca! ¡No soy una mosca! ¡Yo soy un niño! ¡Soy un niño! - protesto Andresito.

-Pues si tu eres un niño, yo soy el príncipe de Gales. - le respondió Tobi.

Todas las moscas comenzaron a reírse de Andresito.

-*Andresito, la mosca, no quiere comer. Andresito, la mosca no quiere comer.* - comenzaron todas a entonar una cancioncilla burlona.

-Ustedes no entienden. Yo soy un niño y yo solo como las cosas deliciosas que prepara mi mamá. Comida buena, alimentos limpios y deliciosos. ¡No esa porquería apestosa que ustedes comen! -les grito esta vez con ganas de llorar.

-Entonces explícanos porque estás aquí con nosotros, un grupo de moscas revoltosas y vulgares. ¿Qué cosa tan mala has hecho para convertirte en una mosca? -le pregunto Tobi con autoridad.

Andresito, sobrevolando el basurero, comenzó a recapacitar y se dio cuenta de que había sido un niño extremadamente egoísta.

Recordó el mal trato que le daba a su perrito coquí, quien solo necesitaba atención, cuidado y amor. Pensó en lo mucho que hacia sufrir a sus padres. Pensó en lo engreído que era y en su obsesión por ser mejor que los demás. Se dio cuenta de que tal comportamiento lo llevo al error de creer que podía llegar a volar.

…Y si el precio que había que pagar para poder volar era ser una mosca…

-No. No. No. ¡Yo ya no quiero volar! ¡Yo no quiero volar! Yo quiero caminar como un niño normal. Yo no quiero ser una mosca. Yo quiero estar con mi mamá. -gritaba Andresito mientras las molestas y bulliciosas moscas le coreaban…

-Andresito, la mosca con mamá. Andresito, la mosca con mamá, que come cosas ricas…

-Nooooooooooooooooooooooooo…

Entonces Sonia escucho los gritos de Andresito. Dejo de hacer lo que estaba haciendo y corrió hasta la habitación de su amado hijo. El niño no paraba de gritar y luchaba debajo de su sabana contra un enemigo invisible. Sonia llego hasta el para abrazarlo.

-Despierta, hijito, despierta.

Andresito reacciono al abrazo de su madre. Miro hacia atrás y vio que ya no tenia alas. Ya no era una mosca asquerosa. Era un niño. Era un niño, con ropa de niño, en la habitación de un niño. Todo estaba limpio y ordenado, como a él le gustaba.

No había moscas revoltosas, ni basura, ni sobras malolientes. Heriberto llego hasta la habitación y también abrazo a su hijo.

_ Que te pasa? ¿Qué ha sucedido? -le pregunto su padre.

-Mamá! ¡Papá! ¡Yo era una mosca!

-Hijo, pero ¿Como eso puede ser posible? ¿No ves que todo fue un sueño? -Le dijo su madre.

- ¡No fue un sueño, fue real! ¡Fue real! ¡Fue…asqueroso!

-Hijo, algunas veces los sueños parecen ser reales. Pero afortunadamente se quedan en el mundo de los sueños. -le explico el papá con paciencia.

Andresito procedió a contar todo lo que había vivido. Ambos padres escucharon atentos.

-Les prometo que voy a cambiar. De ahora en adelante los voy a ayudar en todo lo pue pueda. También voy a ser bueno y cariñoso con Coquí. Por Favor, perdónenme por lo mal que me he portado. No me había dado cuenta de cuanto los amo. ¡Ustedes son los mejores padres del mundo!

Sonia y Heriberto abrazaron a Andresito y justo en ese momento Coquí salto a la cama para unirse a aquel hermoso encuentro familiar.

Ninguno de ellos se percató de que afuera, Tobi y sus compañeras se alejaban volando alegremente.

Printed in the United States
by Baker & Taylor Publisher Services